四庫全書宋詞别集叢刊——十三

東浦詞

韓玉

孏窟詞

侯寘

逃禪詞

揚无咎

四庫全書
宋詞別集
叢刊 十三

商務印書館

東浦詞

韓玉

欽定四庫全書　集部十

提要　詞曲類　詞集之屬

東浦詞

臣等謹案東浦詞一卷舊本題宋韓玉撰考元好問中州集玉字温甫北平人仕金為翰林應奉文字後為鳳翔府判官則當作金人題宋為誤惟金人著作宋人多不著録而陳振孫書録解題乃載有東浦詞一卷考集中

有張魏公生旦上辛幼安生日自廣中出過盧陵贈歌姬段雲卿水調歌頭三首廣東與康伯可感皇恩一首葢初在宋而後入金此卷乃在宋所作先已流傳故宋人著於錄也毛晉既刊其詞入宋人中又詆其雖與康與之辛棄疾倡和相去不止苧羅無鹽今觀其詞雖慶賀諸篇不免俗濫晉所摘且令坐中二句亦體近北曲誠非佳製然宋人詞此類

至多何獨刻責於玉且集中如感皇恩減字木蘭花賀新郎諸作未嘗不淒清宛轉何擯置不道而獨糾其宛家何處二語葢明人一代之積習無不重南而輕北内宋而外金晉直以畛域之見曲相排詆非出於公論也又鄙薄既深校讐彌畧如水調歌頭第二首前闋容飾尚中州句飾字譌為飭字曲江秋前闋淒涼颭舟句本無遺脱乃於颭字下加一

方空後闋瀟然傷句傷字下當脱一字乃反不以方空記之一剪梅前闋只怨閒蹤繡鞍塵句怨字據譜不宜仄上西平調即金人捧露盤前闋暗惜霜雪句惜字據譜亦不宜仄後闋不如早句早字下據譜尚脱一字賀新郎第三首後闋冷字韻複當屬訛字一剪梅花一詞調名行香子乃誤作竹香子不知竹香子別有一調與此迥異上辛幼安之水調

歌頭誤脱一頭字遂不與水調歌頭並載而別立一水調歌之名排比參錯備極譌舛晉刻宋詞獨此集稱託友人校讐殆亦自知其踈漏歟至賀新郎詠水仙以玉曲與注女並叶卜算子以夜謝與食月互叶則由玉參同土音如林外之以埽叶鎖黄庭堅之以笛叶竹非校讐之過矣

媔窟詞

欽定四庫全書

臣等謹案嬾窟詞一卷宋侯寘撰案陳振孫書録解題寘字彦周東武人紹興中以直學士知建康今考集中有戲用賀方回韻餞别朱少章詞則其人當在南宋之初而眼兒媚詞題下注曰效易安體易安為李清照之號亦紹興初人寘已稱效殆有杜牧李商隱集中效沈下賢體之例耶又有為張敬夫直閣壽詞中秋上劉共甫舍人詞皆孝宗時人而

壬午元旦一詞實為孝宗改元之前一年則乾道淳熙間其人尚存振孫特舉其為官之歲耳寘為晁氏之甥猶有元祐舊家流風餘韻故交遊皆勝流其詞亦婉約嫻雅無酒樓歌館簪舄狼籍之態雖名不甚著而在南宋諸家之中要不能不推為作者文獻通考著録一卷與今本同毛晉嘗刻之六十家詞中校讐頗為疎漏且其中訛誤多不可讀今無

別本可校其可改正者改正之不可考者則
姑仍其舊云乾隆四十九年閏三月恭校上
總纂官臣紀昀臣陸錫熊臣孫士毅
總校官臣陸費墀

欽定四庫全書

東浦詞

宋 韓玉 撰

水調歌頭 張魏公生日

問世真賢出吉兆夢維熊玉麟天上謫見幃薄貫長虹追念當年籌算封魏封留勳業千古事攸同語云仁者壽何必喻喬松 嗣天子乘九五馭飛龍分麾契符閫外憑倚定寰中由是天才英縱散入樞庭閒暇談笑撫

兵戎佇看驕敵靜金鼎篆元功

又　自廣中出過廬陵贈歌姬段雲卿

有笑如花客容飾尚中州玉京杳渺天際與别幾經秋家在金河堤畔身寄白蘋洲末南北兩悠悠休苦話萍梗清淚已難收　玉壺酒傾瀲灧聽君謳佇雲却月新弄一曲洗君憂同是天涯淪落何必平生相識相見且遲留明日征帆發風月為君愁

又

月裏一枝桂不付等閒人昔年霄漢聞道争者盡輸君衣袖天香猶在風度仙清難老氷雪瑩無塵賦才三十倍論壽八千春　夏庭芝周室鳳舜郊麟豈如今日稱瑞皇國再生申聊借濟時霖雨来種重湖桃李和氣一番新尚聞虛黄閣行看秉洪鈞

念奴嬌

吴東清勝是吴山蒼翠吴江澄渌靈秀鍾人文物盛歷歷皆非凡俗而況君家風流遺世猶寄山陰曲繼承才

業算来真是名族　聊憑駐節重湖惠歌仁詠謳豐年圖録行看登庸歸去後誰展高才相續壽日稱觴一杯千歲應見蟠桃熟況君難老為君還更再祝

感皇恩 廣東與康伯可

遠柳緑含煙土膏才透雲海微茫露晴岫故鄉何在夢寐草堂溪友舊時遊賞處誰攜手　塵世利名於身何有老去生涯殢尊酒小橋流水一樹雲香瘦故人今夜月相思否

滿江紅 重九與張舍人

正欲登臨何處好登臨眺望君約我今朝攜酒古臺同上風靜秋郊渾似洗碧空淡霞玻璃盎夕照外渺渺萬遙山開青嶂 龍山事空追想風流會今安往我勸君一杯為君高唱今日謀歡真雅勝休辭痛飲葡萄浪縱黃花明日未凋零非佳賞

曲江秋 正宮

明軒快目正雨過湘溪秋來澤國波面鑑開山光澱拂

竹聲搖寒玉鷗鷺戲晚日芰荷動香紅穀千古興亡意淒涼颶舟望迷南北　髣髴煙籠霧簇認何處當年繡轂沈香花萼事蕭然傷宮殿三十六忍聽向晚菱歌依稀猶似新番曲試與問如今新蒲細柳為誰搖綠

一翦梅

鏡裏新粧鏡外情小眉幽恨淺綠低橫只怨閒蹤繡鞍塵不道天涯縈絆歸程　夢裏蘭閨相見驚玉香花瘦春豔盈盈覺來欹枕轉愁人門外瀟瀟風雨三更

上西平 甲申歲西度道中作

折腰勞彈冠望縱飛蓬笑造化相戲窮通風帆浪槳暮城寒角曉鐘暗惜霜雪鬢邊來驚對青銅　蕭閒好何時遂門横水遶穿松有無限杯月襟風區區箇甚帝堯堂下足夔龍不如早問溪山高養吾慵

西江月

捍撥聲傳酒緑薔薇面襯宮黄嬌波斜入鬢雲長眉與春山一樣　瀟灑不禁疎瘦低回猶似思量桃花梨葉

晚陰涼説與三年夢想

臨江仙

月是銀釭溪是鏡雲霓與作衣裳夜寒獨立竹籬傍妝成那待粉笑罷自生香 自古佳人多薄命枉教傲雪凌霜從来林下異閨房何須三弄笛方斷九迴腸

番槍子

莫把團扇雙鸞隔要看玉溪頭春風客妙處風骨蕭閒翠羅金縷瘦宜窄轉面兩眉攢青山色 到此月想精

神花似秀質待與不清狂如何得奈何難駐朝雲易成春夢恨又積送上七香車春草碧

清平樂 贈碁者

梅花點雪渾似人清絶香疊紺螺雙背結曾侍霓旌絳節　如今却向塵寰碁中寄箇蕭閒縱便阿郎多病也須偷畫春山

減字木蘭花 贈歌者

香檀素手緩理新詞來伴酒音調淒涼便是無情也斷

腸 莫歌楊柳記得渭城朝雨後客路茫茫幾度東風

春草長

竹香子

一翦梅花一見銷魂況溪橋雪裏前村香傳細蘂春透

靈根更水清冷雲黯溪月黄昏 幽過溪蘭清勝山礬

對東風獨立無言霜寒塞壘風淨譙門聽角聲悲笛聲

怨恨難論

太常引

荒山連水水連天憶曾上桂江船風雨過吳川又却在瀟湘岸邊　不堪追念浪迹蹤跡虚度夜如年風外曉鐘傳尚獨對殘燈未眠

又

東城歸路水雲間幾曾放夢魂閒何日整歸鞍又人對西風凭欄　温柔情性繫懐傷感欲訴訴應難愁聚兩眉端又疊起千山萬山

賀新郎

柳外鶯聲碎晚晴天東風力軟嫩寒初退花底覓春春已去時見亂紅飛墜又閒傍闌干十二闌外青山煙縹緲遠連空愁與眉峰對凝望處兩疊翠 鴛鴦結帶靈犀佩綺屏深香羅帳小寶檠燈背誰謂彩雲和夢斷青翼阻尋後會待欲把相思情綴便做錦書難寄恨奈菱花都見人憔悴那更有枕痕淚

又 詠水仙

綽約人如玉試新妝嬌黃半綠漢宮勻注倚傍小闌閒

凝佇翠帶風前似舞記洛浦當年儔侶羅襪塵生香冉
冉料征鴻微步淩波女驚夢斷楚江渚　春工若見應
為主忍教都閒亭蘧館冷風凄雨待把此花都折取和
淚連香寄與須信道離情如許煙水茫茫斜照裏是騷
人九辯招魂處千古恨與誰語

又

睡起簾櫳靜碎金鋪春幃半捲寶香煙冷門外落花風
不定猕猕亂紅堆徑誰喚做春愁如病零亂雲鬟慵梳

掠傍菱花羞對孤鸞影情易感恨難醒　沙邊柳外當時景記分攜離筵乍闋去帆初整盡舉棹歌和淚聽雲淡水寒煙暝空愴望樓高天迥猶未歸來何處也日長時不念人孤冷書漫寫鴈誰倩

水調歌　上辛幼安生日

重午日過六靈岳再生申丰神英毅端是天上謫仙人夙緼機權才略早歲來歸明聖驚聳漢庭臣言語妙天下名德冠朝紳　繡衣節移方面政如神九重隆眷倚

注偉業富經綸聞道山東出相行拜紫泥飛詔歸去秉洪鈞壽嘏自天錫安用擬莊椿

且坐令

閒院落悞了清明約杏花雨過臙脂綽緊了秋千索鬬草人歸朱門悄掩梨花寂寞　書萬紙恨憑誰託纔封了又揉却冤家何處貪歡樂引得我心兒惡怎生全不思量著那人人情薄纔封了一本作剛匆匆封了

風入松

柳陰庭院杏梢長依約巫陽鳳簫已遠秦樓在水沈烟暖全香臨鏡舞鸞窺沼倚筝飛鴈成行　醉邊人去自淒凉淚眼愁腸斷雲殘雨當年事到而今好事難忘兩袖曉風花陌一簾夜雨蘭堂

鷓鴣天

披拂芝蘭便斷金頓成南北豈勝任三年尊酒半生話千里雲山一寸心　休悵望莫登臨夢魂何處不相尋柔腸欲問愁多少未比湘江烟水深

又

愛日烘晴旬日間漫邀朋輩為躋攀無窮望眼無窮恨不盡長江不盡山　星點點月團團倒流河漢入杯盤飽吟風月三千首寄與吳姬忍淚看

生查子

裙拖蕤石榴髻綰偏荷葉頭上短金釵輕重還相壓　輕顰月入眉淺笑花生頰夫壻不風流取次看承别

卜算子

楊柳緑成陰初過寒食節門掩金鋪獨自眠那更衾寒
夜 强起立東風慘慘梨花謝何事王孫不早歸寂寞
秋千月

霜天曉月

竹籬茅屋一樹扶疎玉容裏十分清絶有人在江南北
竚目詩思促翠袖倚脩竹不是月媒風聘誰人與伴
幽獨

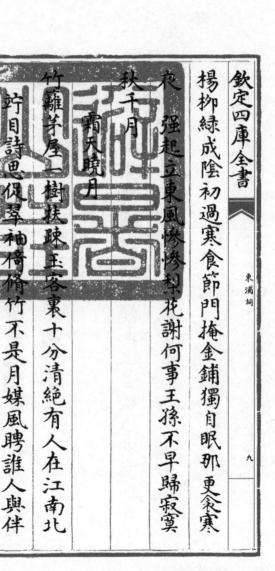

𡅏窟詞

侯寘

欽定四庫全書

嬾窟詞

宋 侯寘 撰

水調歌頭 題嶽麓法華臺

曉霧散晴渚，秋色滿湘山。青鞵黃帽，恢與名士共躋攀。窮窕深林幽谷，詰曲危亭飛觀，俛首視塵寰。長嘯望天末，餘響下雲端。白鶴去，荒井在，汲清寒。醒然毛骨浮丘，招我御風還。拂拭蒼崖苔蘚，一寫胸中豪氣，渺渺洞

庭寛山鬼善呵護千載照層巒

又 上饒送程伯禹尚書

凉吹送溪雨落日散汀鷗莫天空闊無際層巘綠蛾浮上印初辭藩寄拂袖欣還故里歸騎及中秋倚杖飽山閣回首翠微樓 一區宅千里客舊從遊甘棠空有餘蔭誰解挽公留翰墨文章獨步富貴功名餘事當代仰風流暫躡登山屐終作濟川舟

又 爲鄭子禮提刑壽

湘水照秋碧衡岳際天高繡衣玉節清曉歡傾擁旌旄本是紫庭梁棟暫借雲臺耳目騶傳小遊遨五筦與三楚醲愛勝春醪　埽欃槍蘊耄倪載弓櫜遠民流戀須信寰海荷甄陶坐享龜齡鶴算穩佩金魚玉帶常近赭黃袍歲歲秋月底沉醉紫檀槽

又　為張敬夫直閣壽

天地孕沖氣霜雪實嘉平粹然經世材具應為聖時生妙處為仁受用顛倒縱橫無壅一笑泮春冰袖手無一

語四海已傾情　紫岩老游戲事悟誠明當年夷夏高仰玉振更金聲家有淵騫高弟可但聞詩聞禮衣缽要相承周扆絢餘彩商鼎味新羹

瑞鶴仙　送張丞罷官歸柯山

楚山無際碧湛一溪晴緑四郊寒色霜華美初日有玉明遙草金鋪平磧天涯倦翼更何堪臨岐送客念飛蓬斷梗無蹤把酒後期難覓　愁寂梅花顛頹茅舍蕭疎倍添悽惻維舟岸側留君飲醉休惜想柯山春晚還家

應對菊老松堅舊宅嘆宦游索寞情懷甚時去得

又 爲劉信叔大尉壽

溥天氛祲廓看慶綿鴻祚勛昭麟閣蕃宣換符錀占西南襟帶遍聞油幙湘流繞郭藹一城和氣霧薄聽嘈嘈比屋懽聲共說吏閒民樂 遥想藹霏晃暎翠擁屏深曉風傳樂瓊腴緩酌花陰淡柳絲弱任松凋鶴瘦蓮歆龜老丹頰常如舊渥趁天申去押西班奉觴御幄

又 咏含笑

春風無撿束故倡條冶葉恣情丹綠曉鶯喧燕宿似東鄰北里都無貞淑高情恨慼歎何時重見桂菊又誰知天上黃姑埽盡晚春餘俗　幽獨鉛華不御翡翠帷深鬱金裙蔌長眉瞭目嫣然態倚修竹縱青門瓜美江陵橘老怎比無窮賸馥最難禁扇底橫枝惱人睡足

滿江紅　中秋上劉恭甫舍人

天闊江南秋未老空江澄碧江外月飛來千丈水天同色萬屋覆銀清不寐一城踏雪寒無跡况楚風連陌競

張燈如元夕　山獠靜棠陰寂秋稼感香醪直聽子城吹角青樓橫笛君不見蘇仙翻醉墨一篇水調鏘金石念良辰美景賞心時誠難得

又

困頓春眠無情思夢魂飄泊簷外雨霏霏冉冉乍晴還落山黛四園頻入眼柳絲一縷低縈閣念沈郎多感更傷春腰如削　風入戶香穿箔花似舊人非昨任遊蜂雙燕經營拂掠海闊錦魚傳不到洞深紫鳳期難約謾

綵牋牙管倚西牕題紅藥

又 和徐叔至御帶

重到西湖春拆信露花酥滴倚危欄湖山佳處短屏著色擬泛一舟蒼莽岸恐傷萬里羈游客賴款門修竹有高人留狂迹 傾蓋意真相得詩句裏曾相識看戞然飛動筆端金石照眼光浮瓊液滿斷腸翠擁宮靴窄悶多情還肯借青鸞通消息

又 再用韵

老矣何堪隨處是春衫酒滴醉狂時一揮千字貝光
玉色失意險爲湘岸鬼浩歌又作長安客且棄流除却
五侯門無車跡　驚人句天外得醫國手塵中識問鼎
槐何似卧雲敧石夢裏略無軒冕念眼前豈是江湖窄
擠蠅頭蝸角去來頻休姑息

又　和江亮采

甚矣吾衰徒自苦飢腸爲孽嗟廿祿區區留戀形瘦心
竭江湖一生真可羨塵埃永晝何堪說似鈍刀終歲斲

空山寧無缺 拚放浪休豪傑秋水漲歸期決儘鳧長
鶴短任渠分別芒屩夜尋溪上酒葛巾曉挂松間月向
丹霄傳語舊交游慵非拙

水龍吟 老人壽詞

夜來霜拂簾旌深雲麗日開清曉香猊金煖氷壺玉嫩
佳辰寒早橘綠橙黃柚紅裙翠一堂歡笑正梅妃月姊
雪肌粉面爭粧點瀟湘好 莫惜芳樽屢倒擁羣仙醉
遊蓬島東牀俊選南溟歸信一時俱到鬢影搖春命書

紆錦子孫環繞看他時歸去飛觴石澗侍甘泉老

多麗

帝城春玉堂深處飛烟想聖人恩隆内職左璫押賜傳宣絲衣明瑶觴膝下花晝永錦瑟樽前富貴從來功名餘事鼎彝勒遍筆如椽向中禁瑣牕偷覰王母語當年清平世衣冠是誰三世甘泉　記年時翹才獻壽小詩曾涴筈牋望三槐雲霞交映照五彩衮繡相鮮當日非諛如今方信門人稱頌是師言況自有兩宮醲眷卜夢

亦徒然看指日鼎新化爐一氣陶甄

念奴嬌 和王聖俞

滄浪萬頃厭塵纓手掬清流頻洗落日狐雲烟渚淨鷗沒澄波心裏一舸横秋兩槐開浪霜竹醒煩耳蕭蕭風露夢回月照舩尾　須信閙少忙多壺觴并賦詠莫辜雲水棄興前溪溪又轉隱約歸帆天際紅蓼丹楓黄蘆白竹總勝春桃李浮丘何在與君共誇琴鯉

又

競春臺榭媚東風迤邐繁紅成簇方霽溪南簾繡捲和氣充盈華屋金煥香彛玉鳴舞佩春箏調絲竹烏衣宴會遠追王謝高躅　藉甚四海聲名林泉活計未許翁知足日日江邊沙露靜人傒東來雕轂八錦行持五禽游戲已受長生籙袞衣蟬冕最宜雙鬢凝綠

又　探梅

衰翁懸甚向尊前手撚一枝寒玉想見梅臺花更好一片瓊田栖綠短齾輕輿大家司去取酒償醲馥元來春

晚萬苞空間黃竹 休恨雪小雲嬌出羣風韻已覺桃花俗羯鼓聲高回笑臉怎得天公來促江上風平嶺南人遠誰度單于曲明朝酒醒但餘詩興天北

風入松 西湖戲作

少年心醉杜韋娘曾格外疎狂錦箋預約西湖上共幽深竹院松牕愁夜黛眉顰翠惜歸羅帕分香 重來一夢覺黃粱空烟水微茫如今眼底無姚魏記舊游凝竚淒凉入扇栁風殘酒點衣花雨斜陽

又

東樓烟重暗山光春意隨微茫小紅嫩緑匀如剪黯無言雲渡澄江沒處與人消遣倚欄情寄斜陽　共君今夜舉清觴拔老各殊方癡兒官事何時了恨花時潘鬢先霜喚取客帆聊住將子同下瀟湘

又　再用韻

霏霏小雨惱春光烟水更瀰茫昨宵把酒高歌處任一聲鷄唱清江顛頽杏花如許情懷應似東陽　宿酲猶

在莫傳觴清悶若無方幾時玉杵藍橋路約雲英同擣玄霜冷落黃昏庭院夢回家在三湘

遥天奉翠華引

雪消樓外山正秦淮翠溢回瀾香梢豆蔻紅輕猶怕春寒曉光浮晝戟捲繡簾風煥玉鈎閉紫府仙人花團羽帔星冠 蓬萊閬苑意倦游常戲世間佩麟舊都江左襦袴歌歡只恐催歸覲勝宴都休訴酒盃寬明歲應看君鈞容舞袖歌鬟

鷓鴣天 賞芍藥 建康郡圃

玉麟春晚綠徧甘棠蔭可是惜花深旋移得翻堦紅影朱簾捲處如在古揚州寶瓔珞玉盤盂嬌艷交相映蓬萊殿裏幾樣春風鬢生怕逐朝雲更羅幙重重遮定多情絳蠟常見醉時容縈舞袖蔌歌塵莫負良宵永

鳳凰臺上憶吹簫 陽至節戲呈同官

玉管灰飛雲臺珥筆東君飃馭將還又正是霜花巧剪梅粉初乾窈窕紅牕髻影添一線組繡工閑瀟湘好雪

意尚遙綠占羣山　應思少年壯氣貪遊樂追隨玉勒金鞍更化日舒長贏得覓醉謀歡去景桑榆趁煖任從教潘鬢先斑猶狂在揮翰快寫春寒

又 再用韻 贈黄宰

塵暗雙鳧菊明山徑何妨勸朋知還最好是詩翁醉後瓶罄罍乾一笑東風打耳心無競遠與春閑時樂地覓伴訪梅尋勝登山　清時俊材定用看捧詔春郊月露濡鞍況表識買臣貴骨琴瑟逾歡好向玉堂視草金章

映菜子衣斑山人去蕙帳夜雨空寒

又 再用韻詠梅

浴雪精神倚風情態百端邀勒春還記舊隱溪橋日暮驛路泥乾曾伴先生蕙帳香細細粉瘦瓊閑傷牢落一夜夢回腸斷家山　空教映溪帶月供遊客無情折滿雕鞍便忘了明牕静几筆研同歡莫向高樓噴笛花似我蓬鬢霜斑都休說今夜倍覺清寒

又 孏梅用前韻

淺染霓裳輕勻漢額巫山行雨方還最好是肌香蠟瑩
蕚嫩紅乾曾見金鐘在列鈞天罷筍簴都閑妖饒似曉
鏡下開綠沁眉山　休誇瘦枝踈影湘裙窄一鈎龍麝
隨鞍便更倣山人倦賞畏冷無歡爭奈冰甌彩筆題詩
處珠琲斕斑清宵永相對莫放盃寒

蝶戀花 次韻張子原尋梅

雪壓小橋溪路斷獨立無言霧鬢風鬟亂拂拭氷霜君
試看一枝堪寄天涯遠　擬向南隣尋酒伴折得花歸

醉著歌聲緩姑射夢回星斗轉依然月下重相見

清平樂 詠橄欖燈毬兒

縷金剪綵茸綰同心帯整整雲鬟宜簇戴雪栁鬧蛾難賽 休誇結實炎州且看指面纖柔試問若人滋味何如插鬢風流

又

忍寒情味枝染薔薇水攬照清溪花影碎笑殺小桃穠李 一生占斷春妍偏宜月露娟娟欲寄江南春去亂

鴟點破雲牋

玉樓春

市橋燈火春星碎街鼓催歸人未醉半嗔還笑眼回波去欲更留眉斂翠　歸來短燭餘紅淚月淡天高梅影細北風休遣雁南來斷送不成今夜睡

又　次中秋閏月表舅晁仲石韻

今秋仲月逢餘閏月姊重來風露靜未勞玉斧整蟾宮又見氷輪浮桂影　尋常經歲睽佳景閱月那知還賞

詠庾樓江闊碧天高遙想飛觴清夜永

秦樓月 與楊君牧月夜泛舟

天一色玉槃冷浸瀟湘碧瀟湘碧短亭縈纜隔江聞笛

胡床對坐涼生腋通宵說盡狂蹤跡狂蹤跡少年心事老來難得

新荷葉 金陵府會鼓子詞

梛幄飛綿風池煗泛新萍燕壘泥香玉麟堂外春深晴雲麗日花濃處蜂蝶紛紛儹春一醉管絃聲況是清

時錦衣重到臺城故國江山向人依舊多情趣閑行樂休辜負治葉繁英彤庭歸覲恁時難駐前旌

菩薩蠻 湖上即事

樓前曲浪歸橈急樓中細雨春風濕終日倚危闌故人湖上山　高情渾似舊只枉東陽瘦薄晚去來休裝成一段愁

又 小女淑君索賦晚春詞

東風吹夢春醒惡鎖牕淡淡花陰薄一夜曲池平小牕

雲樣明　綠輕眉孏暈香淺羅衣潤未見海棠開捲簾雙燕來

又 餞田莘老

江風漠漠寒山碧孤鴻聲裏霜花白晝舸且停橈有人魂欲消　相從能幾日總是天涯客尺素好頻裁休言無雁來

又 荼䕷

東君管盡閑花草紅紅白白知多少末後一奩香綠庭

春晝長　道人心似海夢冷屏山外莫剪最長條從教
玉步揺

又

東風捲盡欺花雨月明皎紙庭前路月底且論詩從教
露濕衣　明朝愁入緒各自東歸去後夜月明中緑尊
誰與同

又　木犀十詠
　　滯月

緑帷剪剪黄金碎西風庭院清如水月姊更多情與人

無際明　濃陰遮玉砌桂影氷壺裏滅燭且徜徉夜深
應更香

又　披風

靚妝金翠盈盈晚凝情有恨無人管何處一簾風故人
天際遙　從教香撲鬢只怕繁華盡牢落正悲秋非伊
誰解愁

又　虎溪

江梅占盡江頭雪忍寒玉骨誇清絕不似杜秋娘婆娑

秋水傍　波光涵晩日　照影從教容隱隱認遙黄隔溪

十里香

又　浥露

黄昏曾見凌波步無端暝色催人去一夜露華濃香銷

蘭菊叢　縷金衣易濕莫對西風泣洗盡夜來粧溫泉

初試湯

又　命觴

休文多病疎盃酌被花腦得心情惡碧樹又驚秋追歡

懷舊遊　與君聊一醉醉倒花陰裏斜日下闌干滿身

金屑寒

又 簪髻

交刀剪碎瑠璃碧深黃一穗瓏鬆色玉蕊縱妖嬈恐無

能樣嬌　綠牕初睡起墮馬慵梳髻斜插紫鸞釵香從

鬟底來

又 薰沈

黃姑青女交相忌眼看塵土占芳蕊急掃滿闌金小奩

薰水沈　博山銀葉透濃薌穿羅袖猶欲問鴻都太真
安穩無

又　來夢

午庭栩栩花間蝶翅添金粉穿瓊葉曾見羽衣黄瑶臺
淡薄粧　醒來魂欲斷搀搀芳英潸夢裏尚偷香何堪
秋夜長

又　寫真

霓裳舞罷難留住湘裙緩若輕烟去動是隔年期生銷

傳艷姿　精神渾似舊碧暗黄金瘦永夜對西牕何緣
襟袖香

又　怨别

挼香嗅蕊朝還莫無端却被西風悞底死欲留伊金塵
簌簌飛　茂陵頭已白新聘誰相得耐久莫相思年年
秋與期

西江月

金鴨香銷沈麝碧梧影轉闌干可庭明月綺牕閑簾幙

低垂不倦　一自高唐人去秋風幾許摧殘拂簷修竹韻珊珊夢斷山長水遠

又　贈蔡仲常侍兒初婚

豆蔻梢頭年紀芙容水上精神幼雲嬌玉兩眉春京洛當時風韻　金縷深深勸客雕梁蔌蔌飛塵主人從得董雙成應忘瑶池宴飲

青玉案　東園餞毋舅晁閣學鎮臨川

東風一夜吹晴雨小園裏春如許桃李無言情難訴陽

闌車馬灞橋風月移入江天暮　雙旌明日留難住今夕清觴且頻舉咫尺清明三月茸尋芳賓客對花盃酌回首西江路

又為外大父林下老人壽

年年寓屋稱觴處陪綵綬尊前舞牢落瀟湘歸去未鷹梅開遍氷蟾圓後夢斷靈溪路　長年厚福天分付算四海今獨步潤竹岩花如舊否與翁相伴歲寒庭戶儘占閒中趣

又 戲用賀方回韵餞别朱少章

三年牢落荒江路忍明日輕帆去冉冉年元真暗度江山無助風波有險不是留君處　梅花萬里傷遲𦂳驛使來時望佳句我拚歸休心已許短蓬狐棹緑簑青笠穩泛瀟湘雨

昭君怨 亦名宴西園

晴日烘香花睡花艷浮盃人醉楊栁緑絲風水溶溶　留戀芳叢深處嬾上錦韉歸去待得牡丹開更同來

四犯令

月破輕雲天淡注夜悄花無語莫聽陽關牽離緒拚酩酊花深處　明日江郊芳草路春逐行人去不似酴醾開獨步能著意留春住

鷓鴣天　縣圃約同官賞海棠

萬點臙脂落日烘坐間酒潫散微紅誰教艷質撩潘鬢生怕朝雲逐楚風　尋畫燭照芳容夜深兩行錦燈籠朱唇翠袖休凝竚幾許春情睡思中

又

蜀錦吳綾剪染成東皇花令一番新風簾不礙尋巢燕雨葉偏禁鬬草人 非病酒不關春恨如芳草思連雲西樓角畔雙桃樹幾許濃芭等露勻

又 賞芍藥

夢想當年姚魏家尊前重見舊時花雙蘂分焰交紅影四座春回粲晚霞 盃瀲灧帽欹斜夜深絕艷愈清佳天明恐逐行雲去更著重重翠幙遮

又 送田簿秩滿還霅川

只有梅花是故人歲寒情分更相親紅鸞跨碧江頭路紫府分香月下身　君既去我離群天涯白髮怕逢春西湖蒼莽烟波裏來歲梅時痛憶君

朝中措 雙頭芍藥

翻堦紅藥競芬芳著意巧成雙須知揚州國艷舊時曾在昭陽　盈盈背立同心對綰聯萼飛香牢貯深沈金屋任教蜨困蜂忙

又 建康大雪戲呈母舅晁留守

漏雲初見六花開驚巧妬江梅飄洒元戎小隊玉妝旌旆歸来　恩同化手春回隴畝歡倒尊罍記取明朝登覽綠漪惟有秦淮

又 謝郭道深惠菊有二小鬟

露英雲蕚一般清揉雪更雕瓊預喜重陽登覽大家插帽浮觥　分香減翠殷勤遠寄珍重多情不似綺牕雙艷向人解語傾城

又

依微春綠遍江干烟水小屏寒惆悵雁行南北新詞不忍指看　從今寄取臨風把酒役夢忘飧飛絮落花時候扁舟也到孤山

又

風簾交翠篆香飄却暑捲輕綃最好佳辰相近壽觴對飲連宵　仙翁未老雲中跨鳳臺上吹簫看取他年榮事魚軒入侍塗椒

又 元夕上潭師劉共甫舍人

年來玉帳罷兵籌燈市小遲留花外香隨金勒酒邊人倚紅樓　沙堤此去傳柑侍宴天上風流還記月華小隊春風十里潭州

又 爲雲菴壽

年年重午近佳辰符艾一番新滿酌九霞奇醞壽君兩鬢長春　閨中秀美何如賦得林下精神早辦荆釵布袖共爲雲水閑人

點絳唇 金陵府會鼓子詞

春日遲遲柳絲金淡東風軟綠嬌紅淺簾幙飛新燕玉帳優游贏得花閒宴香塵遠暫停歌扇沈醉深深院

又

約莫香來倚闌低瞰花如雪怨深愁絕瘦似年時節歲一相逢常是匆匆別歌壺缺又還吹徹笛裏關山月

蘇武慢 湖州趙守席上作

暗雨收梅晴波搖柳萬頃水精宮冷橋森畫棟岸列紅

樓兩岸翠簾交映天上行舟鑑中開戸人在蕊珠仙境況吟烟嘯月彈絲吹竹太平歌詠　人盡說銅虎分賢銀潢儲秀鞏固行都藩屏棠陰散暑鬭篆凝香永日一庭虛靜紅袖持觴綵箋揮翰適意酒豪詩俊看飛雲丹詔行沙金勒待公歸覲

阮郎歸 和邢公玷

莫欺騎省鬢邊華曾眠蘇小家綵絲縈腕剪輕霞菖蒲酒更嘉　人別後歎飛花雲山和夢遮吳牋小字寫流

沙幾行秋雁斜

又 爲邢魯仲小鬟賦

美人小字稱春嬌雲鬟玉步摇淡粧濃態楚宫腰梅枝雪未消 拚惱亂儘妖嬈微窩生臉潮算來虚度可憐宵醉魂誰與招

又 爲張泌壽

薰風吹盡不多雲曉天如水清哦松庭院忽聞笙簫疎香篆明 蘭玉盛鳳和鳴家聲留漢庭栽鞍長傍九重

城年年雙鬢青

浪淘沙

曉日掠輕雲霜瓦鱗鱗大朝山色儼如新家在洞庭南

畔住身在江濆　華髮照烏巾無意尋春空將兩袖拂

飛塵可惜梅花開近路惱盡行人

踏莎行 壬午元宵戲姜元汝功叅議

元夕風光中興時候東風著意催梅柳誰家銀字小笙

簧倚闌度曲黄昏後　撚雪張燈解衣貫酒觚稜金碧

閑依舊明年何處看昇平景龍門下燈如畫

又 約雲巷尋梅

雪意初濃雲情已厚黃昏散盡扶頭酒不知牆外夜來梅忍寒添得疎花否　休更薰香且同攜手從教策策輕寒透亭兒直下玉生烟暗香歸去霑襟袖

浣溪沙 三衢陳盆上作

客裏匆匆夢帝州故人相遇一盃休踈梅些子最清幽　雙綰香螺春意淺緩歌金縷楚雲留不知粧鏡若爲

儔

又 次韻王子弁紅梅

倚醉慷春翠黛長肉紅衫子半窺牆蘭湯浴困嬾勻妝

應爲長年湌絳雪故教丹頰耐清霜弄晴飛豔笑馮

唐

又 次韻杜唐佐秋懷

春夢驚回謝氏塘篋中消盡舊家香休文多病怯秋光

空對金盤承瑞露竟無玉杵碎玄霜醉魂飛度月宮

涼

眼兒媚 效易安體

花信風高雨又收風雨互遲留無端燕子怯寒歸晚閑損簾鈎　彈棋打馬心都嬾攛掇上春愁推書就枕梟烟淡淡蜨夢悠悠

漁家傲

過盡百花芳草滿柳縧舞困闌干煖柳外秋千裙影亂人逐伴舊家心性如今嬾　斗帳寶香凝不散黃昏院

落鶯聲晩紅葉不來音信斷踈酒盞東陽瘦損無人管

又 小舟發臨安

本是瀟湘漁艇客錢塘江上鋪颿席兩處烟波天一色雲冪冪吳山不似湘山碧 休費精神勞夢役鷗鳧難上銅駞陌擾擾紅塵人似織山頭石潮生月落今如昔

臨江仙 約同官出郊

一抹烟林屏樣展輕花岸栁無邊連朝春雨漲平川鼕鼕迎社鼓渺渺下陂舩 同事多才饒我嬾棄閒縱飲

郊園簪花敧側醉巾偏時豈容卒歲遊樂更明年

又 同官招飲席上作

失脚青雲何所往故山松竹應秋癡兒官事幾時休可憐雙白鬢斗粟尚遲留 尊酒偷閒聊放曠夜涼河漢西流從教狐笛噴高樓與君同一醉明日旋分愁

柳梢青 贈張泳

小院輕寒酒濃香軟深沈簾幙我輩相逢歡然一笑春在盃酌 家山辜負猿鶴軒冕意秋雲似薄我自西風

扁舟歸去看君寥廓

又 送呂子紹守峡

楚天清絶葦岸蘭汀素秋時節簾捲湘鬟香飛雲篆吋
看輕别 明朝底處關山算總是愁花恨月白馬江寒

黄牛硤静小梅初徹

杏花天 豫章重午

寶釵整鬟雙鸞鬪睡來醒薫風襟袖絲絲皓腕宜清晝

更艾虎衫兒新就 玉盃共飲菖蒲酒願耐夏宜春廝

守榴花故意紅添皺映得人來越瘦

江城子 萍鄉王聖俞席上作

萍蓮蹤跡幾時休儘飄浮為君留共話當年年少氣橫秋莫嘆兩翁俱白髮今古事盡悠悠　西風吹夢入江樓故山幽謾回頭又是手遮西日望皇州欲向西湖重載酒君不去與誰遊

南歌子 為呂聖俞壽

菊潤初經雨橙香獨占秋碧琳仙醾試新篘内集熙熙

休試蟻浮甌　家世傳黃閣功名起黑頭雙鳧聊傍故人舟咫尺青雲岐路看英遊

瑞鷓鴣　送晁伯如舅席上作

遙天拍水共空明玉鏡開奩特地晴極目秋容無限好舉頭醉眼暫須醒　白眉公子催行急碧落仙人著句清後夜蕭蕭葭葦岸一尊獨酌見離情

天仙子　宴玉侯席上作

暎日麗晴春正好楊柳池塘風弄曉露桃雲杏一番新

花窈窕香飄緲玉帳靚深閨語笑　新賜繡韉花映照須信濃恩春共到漢家飛將久宣勞迎禁詔瞻天表入衛帝庭常不老

醉落魄 衣静 聞琴

銅壺漏歇紗幌倒挂梅梢月玉人酒暈消香雪促軫調絃彈个古離别　雛鶯小鳳交飛説嘈嘈軟語丁寧切相如欲枕推紅氈脉脉無言還記舊時節

又

梅花似雪雪花却似梅清絶小牕低映梅梢月常記良宵吹酒共攀折 如今客裏都休説瀟瀟灑灑情懷別夜闌火冷孤燈滅雪意梅情分付漆園蝶

又

玉鈎珠箔夜涼庭院天垂幙好風吹動綸巾角羽扇休揮已怯絺衣薄 扁舟明日清溪泊歸來依舊情懷惡爲君喚月驂鸞鶴天近多寒滿飲金鑿落

減字木蘭花

春醒拚却鶗鴂一聲花雨落蜜炬紅殘人在青羅步障
閒天公薄相慣得郴綿高百丈絲筆題詩休誦騷人
九辨詞

鵲橋仙 和蔡子周

鶴髮蕭森玉顏腴潤養就黃芽金鼎一區松菊老湘濱
但心遠何妨人境衮衣家世鳴鸞歌舞到了春水消
盡不須惆悵夢中才這彩選輸贏誰省

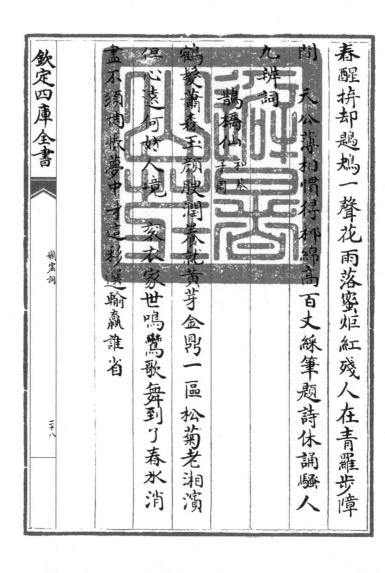

嫻窟詞

逃禪詞

揚无咎

欽定四庫全書　　集部十

逃禪詞　　詞曲類　詞集之屬

提要

臣等謹案逃禪詞一卷宋揚无咎撰无咎字補之自號逃禪老人清江人諸書揚或作楊按圖繪寶鑑稱无咎祖漢子雲其書從才不從木則作楊誤也高宗時秦檜擅權无咎恥於依附遂屢徵不起其人品甚高所畫墨梅

歷代寶重遂以技藝掩其文章然詞格殊工在南宋之初不忝作者陳振孫書録解題載逃禪詞一卷與今本合毛晉跋稱或誤以為晁補之詞則晁无咎亦字補之二人名字俱同故傳寫誤也集中明月棹孤舟四首晉注云向誤作夜行船今按譜正之案此調即是夜行船亦即是雨中花諸家詞雖有小異按其音律要非二調无咎此詞實與趙長卿吳

文英詞中所載之夜行船無一字不同晉第見詞譜收黃在軒詞名明月棹孤舟不知明月棹即夜行孤舟即船近時萬樹詞律嘗辨之晉蓋未及察也又相見歡本唐腔正名宋人則名爲烏夜啼與錦堂春之亦名烏夜啼者名同實異晉注向作烏夜啼誤尤考之未詳至點絳唇原注用蘇軾韻其後闋尾韻舊誤作絲成累晉因改作堁字並詳載堁字義

訓於下實則蘇軾末句乃破字韻此句葢并成字亦誤不止褁字矣明人刋書好以意竄亂往往如此今姑仍晉本録之而附證其謬

如右乾隆四十九年六月恭校上

總纂官臣紀昀臣陸錫熊臣孫士毅

總校官臣陸費墀

欽定四庫全書

逃禪詞

宋 揚无咎 撰

水龍吟

當年誰種官梅自開自落清無地一朝驚見危亭岑立繁華叢裏知是賢侯有難兄弟素書時寄縱舞携如意吟搔短髮無從訴心中喜 却對疎枝冷蕊似於人不勝風味冰姿斜映朱唇淺破欣然會意青子垂垂翠陰

容容尤堪頻憩待促歸禁近邦人指點是甘棠比

又 武寧瑞蓮

曉來雨歇風生素商乍入鴛鴦浦紅蕖翠葢不知西帝神遊何處羅綺叢中是誰相慕憑肩私語似漢臯珮解桃源人去成思憶空凝竚　肯為風流令尹把芳心雙雙分付碧紗對引朱衣前導應須此去好揖清香盛邀佳客盃行無數喚瑤姬並立如花竝蔕唱黃金縷

又 趙祖文畫西湖圖名曰總相宜

西湖天下應如是誰喚作眞西子雲凝山秀日增波媚宜晴宜雨況是深秋更當遥夜月華如水記詞人解道丹青妙手應難寫眞奇語　往事輸他范蠡泛扁舟仍攜佳麗毫端幻出淡粧濃抹可人風味和靖幽居老坡遺跡也應堪記更憑君畫我追隨二老遊千家寺

又　雪

小軒瀟洒清宵午風正緊門深閉藜牀危坐竹窗頻聽春蟲撲紙燈燼垂紅篆煙消碧衣輕如水料飛花未止

堆簷已滿時掉折琅玕尾　骨冷魂清無寐這身在廣
寒宮裏暗懷千古渾疑一夜氷生腸胃歲事崢嶸故園
睽阻歸期猶未向寒鄉不念殘年只憶青天萬里

又

夜來六出飛花又催寂寞衰門閉幽齋無寐寒欺衾布
明吞窗紙起步閒庭月華交映長空如水便乘風欲去
凌雲直上青冥際騎箕尾　誰信團成和氣在賢侯笑
談聲裏咸驚句琢瓊瑰端是錦纏腸胃宿麥連雲遺蝗

入地田家樂未更明年看取東阡北陌黄雲萬里

又 木犀

智瓊嬌額塗黄為誰種作秋風蕋寒香半露緑帷深護猶聞十里山麝生臍水沉削蠟一時羞避向錢塘江上中秋月下有人暗尋遺子　不奈書生習氣對羣花領畧風味騷人已去欲紉幽佩重為湘醇天賦風流友梅凡慜與桃奴李向明窗棐几纖枝未老眼明如水

念奴嬌

單于吹罷望西山乞得斜陽收脚素魄旋升聽桂子風裏時時飄落瑩徹盃盤冷侵毛髪渾不勝衣著天公有意為人掀盡雲幪　童稚猶也多情廣庭掃淨草不容纖惡步遶周遭疑便是蹈雪當年東郭慢引歌聲響穿雲際直使姮娥覺一尊重酹為言千載同約

歸花遊

乳鶯囀午好夢正初醒小軒清楚水沉細縷趁遊絲落絮緩隨風舞胃起春心又是愁雲怨雨玉人去徧徙倚

舊時曾竝肩處　相望知幾許縱遠隔雲山不遮愁路
捧盃薦俎記低歌麗曲共論心素薄恨斜陽不道離情
最苦正凝竚向譙樓又催笳鼓

隔浦蓮

墻頭低蔭翠幄格磔鳴烏鵲好夢驚回處餘醒推枕猶
覺新晴人意樂雲容薄麗日明池閣捲簾幙　披衣散
策閒庭吟繞紅藥殘英幾許尚可一供春酌天氣今宵
怕又惡憑托東風且慢吹落

品令

水寒江静浸一抹青山淡影樓外指點煙村近笛聲誰噴驚起賓鴻陣 往事總歸眉際恨這相思誰問淚痕空把羅襟印淚應啼盡爭奈情無盡

陽春

蕙風輕鶯語巧應喜乍離幽谷飛過北窗前迎晴曉麗日明透翠幃縠篆臺芬馥初睡起横斜簪玉因甚自覺腰肢瘦新來又寬羃幅 對清鏡無心欣梳裹誰問著

餘酲帶宿尋思前懽往事似驚回好夢難續花亭徧倚檻曲厭滿眼爭春凡木盡顦顇過了清明候愁紅慘綠

白雪

蟾收雨腳雲乍斂依舊又滿長空紅蠟焰低熏爐燼冷寒衾擁盡重重隔簾櫳聽撩亂撲漉春蟲曉來見玉樓珠殿恍若在蟾宮　長愛越水泛舟藍關立馬畫圖中悵望幾多詩料無句可形容誰與問已經三白忒是報年豐未應真个情多老却天公亦作掃除陰翳惟祈紅日生東

垂絲釣

燕將舊侶呢喃終日相語似惜別離情知幾許誰與度為向人代作空朝暮　漫千言百句怎生會得爭如作个青羽又聞院宇不在當時住飛去無尋處腸萬縷寄暴風橫雨

又 鄭端友席上贈呂倩倩

玉纖半露香檀低應鼉鼓逸調響穿空雲不度情幾許看兩眉碧聚為誰訴　聽敲冰戛玉恨雲怨雨聲聲總

在愁處放盃未舉傾坐驚相顧應也腸千縷人欲去更畫簷細雨

解蹀躞　吕倩倩吹笛

金谷樓中人在兩點眉顰緑叫雲穿月橫吹楚山竹斷斷憂憶因誰坐中有客猶記在平陽宿　淚盈目百轉千聲相續停盃聽難足漫誇天海風濤舊時曲夜深煙慘雲愁倩君洗醉明日看梅梢玉

醉落魄　龍延香

雙心小篆瑞爐熳炷煙初著清香已透紅綃幄底事多情玉笋更輕掠　鬢雲側畔蛾眉角粧成曽印鉛華薄幾回殢酒襟懐惡鶯舌偷傳低語教人嚼

青玉案　徐侍郎生辰

芝蘭桃李環圍著擁和氣浮簾幙壽斝交飛爭滿酌一聲珠串數敲牙板應有梁塵落　腰金雖重何曽覺更看懸魚上麟閣不用祖洲靈藥平時陰德幾人今日頟手稱安樂

又

南州獨數多居士誰富貴歸桑梓晝錦如公誰比似傍湖開徑雨簾雲棟平地居仙子　行須勛業超青史再侍宸幃任非次醉袖儘教春酒漬明年此會壽觴欲舉百拜君王賜

又 次了翁韻

奇葩珍樹叢叢繞望仙隱蓬萊小前枕湖光秋色曉荷花今歲也如人意不逐西風老　霞觴獻壽頻頻倒瑞

靄浮空凝不掃定自日邊飛詔早芝庭呈秀桂宫得意更看明年好

又 次賀方回韻

五雲樓閣蓬萊路空相望無由去弱水渺茫誰可渡君家徐福蕩舟尋訪却是曾知處　羣仙應問來何暮説與榮歸錦封句句裏丁寧天已許要教强健召還廊廟永作商嵓雨

望江南 張節使生辰

鍾陵好嘉節慶元正瑞色潜將春共到台星遥映月初升賢帥為時生　人意樂天宇亦清明淡薄梅腮嬌倚�依微柳眼喜窺晴和氣滿江城

又

鍾陵好和氣滿江城憶昨旌麾初正到至今政令只寬平仍歲兆豐登　稱慶旦遐邇一般情共信我公躋壽考弭來陰德被生靈襦袴聽歡聲

又

鍾陵好，襦袴聽歡聲。薰入管絃增亮響，喚教羅綺亦光榮。引滿勸金觥。　誰信是，元自悟長生。鈴閣纔投公事筆，雲章惟讀道家經。家世仰仙卿。

又

鍾陵好，家世仰仙卿。衣帶不須藏貝葉，集賢何用化金瓶。且欲佐中興。　期早晚，丹詔下天庭。不許南州猶從節，促歸東府共和羹。膏澤徧寰瀛。

還冠子　亦名蘇武慢　許倅生辰

海上樓臺壺中日月乍覺挐來平地熙熙雞犬簇簇僮奴亦自有登天志知是仙官出應亨期因識前修風味看縱橫才美雍容談笑一團和氣　鍾秀處雪深霜凝梅清竹瘦占盡小春佳致笙歌韵溢錦繡香濃飲少未妨歡醉好在雙椿佇看丹桂分折芝庭蘭砌向清時好作和羹勳業共傳家世

滿庭芳 彭守生辰

節物爭妍江山改觀已聞春到蕭灘瑞煙和氣蔥蒨接

螺川元是使君誕日半千運來踵三賢（丞相劉公詩云四百年間出三相）爭相競誰知勝地拜相有前山　芳筵開富壽羅綺照曜簪組駢闐正雪梅迎臘霜月將圓看取霜鬢秀頰人人道平世神仙調元手陰功在繼八百疋長年

二郎神（清源生辰）

炎光欲謝更幾日薰風吹雨共說是天公亦嘉神貺特作澄清海宇灌口擒龍離堆平水休問功超前古當中興護我邊陲重使四方安堵　新府祠庭占得山川佳

處看曉汲雙泉晚除百病奔走千門萬户歲歲生朝勤勤稱頌可但民無災苦 闕 願得地久天長協佐皇都

水調歌頭 次向薌林韻

閏餘有何好一歲兩中秋霽雲捲盡依舊銀漢截天流長記薌林堂上靜對小山叢桂樽俎許從游遥想此時興不減工南樓 引玉觴看金餅水雲頭醉聽哦響寧羨王粲賦荆州此夕翻成愁絶未斫廣寒丹桂猶衣漱

貂裘萬事付諸笑斗酒且寬憂

又 再用前韻為生日詞

鄉林有何好花藥不驚秋千章雲木長見客葉翠光流中有三朝勛舊早歲辭榮軒冕歸伴赤松游不羡鴛鴦侶鐘聽景陽樓　問向來麟閣上鳳池頭有誰能繼向來解印似蘇州自是英姿絶俗非我與時違異何用衣羊裘况得長生趣千歲有懷憂

又 徐侍郎生辰

寥亮度絃管笑語集簪纓又逢華旦爭慶豪傑為時生猶對中秋月影漸放重陽菊蕋萬寶正西成爽氣知多少天賦滿襟靈　擅詞華追鮑謝踵斯氷入趨禁近出鎮藩輔早辭榮休戀平湖佳致好為蒼生重起歸去侍宸庭一德及元凱千載致昇平

又 韓倅九月八日生辰

帝里記當日賜第富相聯惟君家最稱著桐木老參天三相勛庸才業一代風流人物繼世賴君賢自合躋清

要小屈佐平川　下車初逢慶旦聽懽傳冰清玉潤仁愛終始被江壖滿泛黄花稱壽細看紅萸枝健和氣藹芳筵隔日醉重九千歲似今年

傳言玉女　許永之以水仙瑞香黄香梅幽蘭同坐名生四和即席賦此

小院春長整整繡簾低軸異葩幽艷滿千瓶百斛珠鈿翠珮塵襪錦籠環簇日烘風和奈何芬馥　鳳髓龍津覺從前氣味俗夜闌人醉引春蔥煖玉只愁飛去暗與行雲相逐月娥好在為歌新曲

又 王顒之席上

料峭寒生知是那番花信算來都為惜花人做恨看猶未早覺枝頭吹盡曲欄清幽澈亂紅成陣 釃酒花前試停盃與為問褪香銷粉問東君怎忍韶華過半贏得幾塲春困厭厭空似為花愁損

於中好

墻頭艷杏花初試遶珍叢細挼紅蕋欲知占盡春明媚詢無意看桃李 持盃準擬花前醉早一葉兩葉飛墜

晚來旋旋深無地更聽得東風起

又

濺濺不住溪流素憶曾記碧桃紅露别來寂莫朝朝暮
恨遮亂當時路　仙家豈解空相誤嗟塵世自難知處
而今重與春為主儘浪蕋浮花妬

又

梅花摘索穿疎竹陰文禽喜懽相逐坐中已自清堪掬
更瀟洒人如玉　新聲愛度周郎曲捧霞盃再三相囑

無情有恨重分北也撩得雙眉蹙

瑞雲濃

睽離漫久年華誰信曾換依舊當時似花面幽懽小會記永夜盃行無算醉裏屢忘歸任虛簷月轉　能變新聲隨語意悲歡感怨可更餘音寄羌管倦遊江湖問似伊阿誰曾見度已無腸為伊可斷

一叢花

娟娟微月可庭方窗户進新涼美人為我歌新曲翻聲

調韵出宫商犀筋細敲花甕清響餘韻繞紅梁 風流
難似我清狂隨處占煙光憐君語帶京華様縱嬌軟不
似吳邦拚了醉眠不須重唱眞个已無勝

好事近 黄瓊

花裏愛姚黄瓊花舊曾相識不道風流種在又一枝傾
國擬圖遮斷倚闌人休教妄攀摘其奈老來情減負
十分春色

殢人嬌 李瑩

惱亂東君滿目千花百卉偏連處愛他穠李瑩然風骨占十分春意休漫説唐昌觀中玉蕋　妬雪凝霜凌紅掩翠看不足可人情味會移種向曲欄幽礙愁緑葉成陰道傍人指

又 曾韵壽詞

露下天高最是中秋景勝喜小名銀蟾十分增暈名嫦娥飛下見霧鬟風鬢念八第行景園中畫誰能盡　慢奏雲韶美字斟仙醖清不寐桂香成　陣只愁來夕又陰晴無

準却待約重圓後期難問

蝶戀花 曾韵
鞵詞

端正纖柔如玉削窄𩎞宮鞵暎襯吳綾薄掌上細看纔半搦巧偷强奪嘗春酌 穩稱身材輕綽約微步盈盈未怕香塵覺試問更誰如様脚除非借與嫦娥著

又 斗
楚

春睡騰騰長過午楚夢雲收雨歇香風度起傍粧臺低笑語畫簷雙鵲猶偷顧 笑指遥山微斂處問我清癯

莫是因詩苦不道别來愁幾許相逢更忍從頭訴

又

昔在仁皇當極治南極星宫曾降為嘉瑞猶有畫圖傳好事身材只恐君今是　對酒不妨同看戲他日功名晏子堪為比更願遠孫逢九世安排君在雞窠裏

又

萬里無雲秋色静上下天光共水交輝映坐對冰輪心目瑩此身不在塵寰境　撲漉文禽飛不定勾引離人

分外添歸興來往悠悠重記省夜闌人散花移影

鋸解令

送人歸後酒醒時睡不穩衾翻翠縷應將別淚洒西風盡化作斷腸夜雨　卸帆浦溆一種悽惶兩處尋思却是我無情便不解寄將夢去

憶秦娥

情難足不堪黃帽催行速催行速扁舟一葉別愁千斛　津亭送客鷺相囑舉盃欲唱眉先蹙眉先蹙背人掩

直不能終曲

傾盃樂 上梁帥上元詞

瑞日凝暉東風解凍峭寒猶淺正池館梅英粉淡柳枝金軟蘭芽香煖滕城誰種芙蕖滿浸銀蟾影一夜萬花開遍翠樓朱户是處重簾競捲　羅綺簇歡聲一片看五馬行春旌旆遠擁襦袴千里歌謡都入太平絃管且莫厭瑶觴屢勸聞詔催歸非晚願歲歲今夜裏端門侍宴

望海潮 上梁帥生辰

菊暗荷枯橙黄橘緑嘉時記得今朝懽謌十州香飄萬井春容小試梅梢星昴耀層霄慶誕生元德出佐明朝雅奏聲中彩斾光裏仰英標 遐年已卜民謡最招徠瘵俗洗盡奸驕東府政聲北門治績流芳況自迢遥莫惜揜今宵聽緩皷牙板引滿金蕉看即泥封峻召無計駐華驄

齊天樂 和周美成韻

後堂芳樹陰陰見踈蟬又還催晚燕守朱門螢粘翠幙
紋蠟啼紅慵剪紗幃半捲記雲鬟瑶山粉融珍簟睡起
援毫戲題新句漫盈卷　睽離鱗雁頻阻似聞頻念我
愁緒無限瑞鴨香銷銅壺漏永誰惜無眠輾轉遥山恨
遠想月好風清酒登琴薦一曲高歌為誰眉黛歛

又　端午

踈踈數點黄梅雨殊方又逢重五角黍包金菖蒲泛玉
風物依然荆楚衫裁艾虎更釵梟朱符臂纏紅縷撲粉

香綿喚風綾扇小窗午　沅湘人去已遠勸君休對景感時懷古慢轉鶯喉輕敲象板勝讀離騷章句荷香暗度漸引入陶陶醉鄉深處卧聽江頭畫船喧疊鼓

驀山溪 端午有懷新淦

去年今日蹤跡留金水乘興挈朋儕遊賞徧南峰佳致崇仙岸左爭看競龍舟人洶洶鼓鼕鼕不覺金烏墜而今寂寞獨處山林裏欲去恨無因奈阻隔川途百里香蒲角黍對暑悄無言梅雨細麥風輕悵望空垂淚

又 和晏倅荼蘼

天姿雅素不管羣芳妬微笑倚春風似窺宋墻頭凝竚一春花草陡覺更無香懸繡帳結羅巾誰更熏沉炷可堪開晚未放韶光去生怕糝庭堦直不忍蒼苔散步會須開宴滿摘醮瑶觴何況有綺窗人嬌鬢相宜處

又 同前

玉英檀葩細意憑君看青帝忒多情費幾許春風暗剪曉來欹枕不覺嫩香飄披宿霧啓幽窗不道開初徧

無窮風味作可蜂鶯占莫遣俗人知怕毒眼急須遮斷
倚墻壓架嬌困卧枝頭心緒裏問誰知似个人撩亂

又 和徐侍郎木犀

蟾宫仙種幾日飄鴛鴦瓮容葉繡團欒似翦出佳人翠袖
葉間金粟蔌蔌糝枝頭黄菊嫩碧蓮披獨對秋容瘦
濃香馥郁庭户宜熏透十里遠隨風又何必凭闌細嗅
明犀一點暗裏為誰通秋夜永月華寒無寐聽殘漏

醉蓬萊

見恩榮故里名著賢關特然超指滿腹詩書洗膏粱餘味羞挽烏號換將藍綬向廣庭親試磊落胸襟雍容人物于今誰比　爭許才猷合躋嚴禁行看横飛步將清議喜對生朝且陶陶歡醉太華蓮開海山桃熟況是當佳致滿引瑶觴相期眉壽君家重耳

又

正纔過七夕節近中元素秋時候月皎風高漸涼生襟袖滃氣澄凝是誰清白應此時鍾秀味洗膏粱才侔沈謝

三朝勛舊　好是新來日臨連帥化格黔黎政歸仁厚
旱禱羣祠有雨隨車驟願與寰區共資膏澤歲歲稱眉
壽孝感靈泉涓涓不絶斟為醇酎

又

見禾山凝秀禾水澄清地靈境勝天與珍奇産凌霄峰
頂嫩葉森槍輕塵飛雪冠中州雙井絶品家藏武陵有
容清奇相稱　坐列羣賢手呈三昧雲逐甌圓乳隨湯
迸珍重慇懃念文園多病毛孔生香舌根回味助苦吟

幽興兩腋風生從教飛到蓬萊仙境

朝中措

盃盤狼籍燭參差欲去未容辭春雪看飛金碾香雲旋湧花甆　雍容四座矜誇一品重聽新詞歸路清風生腋不妨輕撚吟髭

又熟水

打窗急聽試然湯沉水臏熏香冷煖旋投水碗蕈糟一洗詩腸　酒醒酥魂茶添勝致齒頰生涼莫道淡交如

此於中有味尤長

點絳唇 紫蘇熟水

寶勒嘶歸未教佳客輕辭去姊夫屢竄笑聽殊方語

清入回腸端助詩情苦春風路夢尋何處門掩桃花雨

又

瓦枕藤牀道人勸飲雞蘇水清雖無比何似今宵意

紅袖傳詩別是般情味歌筵起絳紗影裏應有吟鞭墜

又 和向薌林木犀

借問嫦娥當初誰種婆娑樹空中呈露不墜凡花數
却愛薌林便似蟾宮住清如許醉看歌舞同在高寒處

又

散策薌林幾回來遶團團樹月明風露平地神仙數
準擬歸來移近東家住應相許為君起舞直到高寒處

卜算子

婆娑月裏枝隱約空中露擬訪嫦娥高處看一夜心生
羽 仙種落人間羣豔難儔侶惱亂騷人馥郁香欲賦

無奇語

又

平分月殿香碎點金盤露占斷秋光獨自芳端稱觴飛羽謝了却重開若个花同侶誰識靈心一點通手撚空無語

又 李宜人生辰

昨夜月初圓今日春纔半自是元君歅旦生豈在稱遐算 花誥看加封玉筭休辭滿綺席來年誰與同笑揖

麻姑伴

滴滴金 同前

當初本合蟾宫裏。漫容易、到塵世。表裏冰清誰與比。占無雙兩地。　詵詵已是多孫子。看將來、總榮貴。歲歲今朝捧瑶觴，勸南園桃李。

又

相逢未盡論心素。早容易、背人去。憶得歌翻腸斷句。更惺惺言語。　萋萋芳草迷南浦。正風吹、打船雨。静聽愁

聲夜無眠到水村何處

上林春令 魯師文生辰

穠李夭桃堆繡正暖日如薰芳袖少年未用稱遐壽
願來歲如今時候相將得意皇都同携手上林春晝

瑞鶴仙

看燈花燼落更欲換門外初聽剝啄一樽赴誰約甚不
知早暮忒貪歡樂嗔人調謔飲芳容索強倒惡漸嬌慵
不語迷奚帶笑柳柔花弱 難貌扶歸鴛帳不褪羅裳

要人求托偷偷弄搦紅玉軟煥香薄待酒醒枕臂同歌

新唱怕曉愁聞畫角問昨宵可憐歸遲更休道著

又

聽梅花再弄殘酒醒無寐寒衾愁擁淒涼誰與共漫羸

得別恨離懷千種拂墻樹動更曉來雲陰雨重對傷心

好景回首舊遊恍然如夢　歡縱西湖曾迓畫舫爭馳

繡鞍雙控歸來夜中剔銀燭銜金鳳到而今誰揀花枝

同戴誰酌酒盃笑捧但逢花對酒空祇自歌自送

又

見蘭枯菊悴憐寂寞天與春風來至梅梢弄晴蕊似於人裝點十分和氣吴頭楚尾聽民謡歡聲哄沸揔扶携拍手嬉遊鼓腹頻忘愁瘁　誰比承流宣化問俗觀風一時雙美笙歌宴啓交醉獻儘沉醉好聲名行看宸庭同拜歸向天街竝轡對西湖把酒應須共談舊治

又

數文章翰墨前輩遠稠疊風流岑寂公才萬夫敵嗣家

聲不墜江西人物凝脂點漆向鴛行神峰秀出況襟懷倜儻詞華洒落未容儔匹　均逸妙齡識退故國懷歸問安親戚屏風坐隔看除召在晨夕對生朝且趂清明時節痛飲無妨隨情著萊衣戲舞千春永如是日

雨中花慢一本失慢字非

海宇澄明天氣晏温人情物態昭蘇喜分付攬轡來與春俱瀟洒蘭亭醉墨丁寧黄石傳書到如今幾載不墜風流世有名儒　山川瑞色樵牧歡聲盡隨絃管虛徐

判醉笑頻揮玉麈共挈金壺湔祓聊勸大手謀謨宜佐
皇圖定知朝暮未容溫席已促鋒車

又 七夕

漠漠雲輕涓涓露重西風特地颼颼覺良宵初永袢暑
微收乘鶴緱山浮槎銀漢尚想風流笑人間兒戲瓜果
堆盤結綵為樓　廣庭淨掃露坐披衣細看新月如鈎
誰道是嫦娥不嫁獨守清秋雅有騷人伴侶長教清影
夷猶舉盃相屬却應羞殺騃女癡牛

又 中秋

雨霽雲收風高露冷銀河萬里波澄正冰輪初見玉斧修成還是一年憑闌望處對景愁生想姮娥應早待久西廂爲可中庭　翻思皓彩不如微暗向人多少深情長記得墻陰密語花底潛行飲散頻羞燭影夢餘常怯窗明此時此意有誰曾問月白風清

鵲橋仙

雲容掩悵星輝排燭待得鵲成橋好怱怱相見夜將闌

更應到家家乞巧　經年怨別霎時歡會心事如何可了朝朝暮暮是佳期乍可在人間先老

洞仙歌 草堂集刻毛澤民

癡牛騃女漫恩深情遠一歲惟能一相見縱金風玉露勝却人間爭奈向雪月花時阻間　幽歡猶未足催度橋歸烏鵲無端驚散別後欲重來杳杳銀河空悵望不勝悽斷最可惜當初泛槎人甚不問天邊遮些麽難

多麗 中秋

晚風清淡雲捲盡輕羅看銀蟾初離海上碧溪萬里澄波礙雲衢玉輪緩駕照山影寶鏡新磨光徹庭除寒生綺席無聊清興助吟哦共宴賞明宵天氣晴晦又知他無眠處夜濡湛露目斷明河　念年來青雲失志舉頭羞見嫦娥且高歌細敲檀板拚扃飲頻倒金荷斷約他年重揮大手桂枝須斫最高柯恁時節清光比似今夕更應多功名事到頭須在休用忙呵

卓牌子慢 中秋次田不伐韻

西樓天將晚流素月寒光正滿樓上笑揖姮娥似看羅韈塵生鬢雲風亂　珠簾終夕捲判不寐闌干凭煖好在影落清樽冷侵香幄歡餘未教人散

倒垂柳 重九

曉來煙露重為重陽增勝致記一年好處無似此天氣東籬白衣至南山芳筵啓風流曾未遠登臨都在眠底悵人生如寄漫把茱萸看子細擘節聽高歌痛飲莫辭醉烏帽任欹顛倒風裏墜黄花明日縱好無情味

惜黄花慢

霽空如水襯落木墜紅遥山堆翠獨立閒堦數聲蟬度風前幾點雁横雲際已涼天氣未寒時問好處一年誰記笑聲裏摘得半釵金蕋來至　横斜為挿烏紗更採碎泛入金樽瓊蟻滿酌霞觴願人壽百千可奈此時情味牛山何必獨沾衣對佳節惟應懽醉看睡起曉蝶也愁花顇

醉花陰

滿城風雨無端惡孤負登高約佳節若為醉盛與歌呼
勝却秋蕭索　菊花旋摘揉青蕚滿滿浮盃杓老鬓未
侵霜醉裏烏紗不怕風吹落

又

捧盃不管餘酲惡玉腕寬金約宛轉一聲清戛玉敲冰
渾勝鳴絃索　朱唇淺破桃花蕚重注鸕鷀杓夜永醉
歸來細想羅襟猶有梁塵落

又

楚鄉易得天時惡風雨長如約不道有幽人衣帶秋深猶是懸鶉索　招呼朋侶如花蕚有酒須同酌世態任凋疎却愛黄花不似羣花落

又　鷺鷥 蘋

金鈴玉層嫌非巧生作文鴛小西帝也多情偷取佳名分付閒花艸　淵明興對南山杳羞把簪烏帽寄與綺窗人百種妖嬈不似酴醿好

又

淋漓盡日黄梅雨斷送春光暮目斷向高樓持酒停歌無計留春住　撲人飛絮渾無數總是添愁緒回首問春風爭得春愁也解隨春去

解蹀躞

迤邐韶華將半桃杏匀於染又還撩撥春心倍悽黯準擬酩酊狂吟可憐無復當年酒腸文膽　倦遊覽顦顇羞窺鸞鑑眉端為誰斂可堪風雨無情暗亭檻觸目千點飛紅問春爭得春愁也隨春減

瑣窗寒 時刻前段尾句多攙首二字非

柳暗藏雅花深見蝶拗華如繡情多思遠又是一番清瘦憶前回庭榭來春个人預約同携手恨遲留載酒期程孤負踏青時候　忽雙眉暗鬬況無似今年一春晴晝風僝雨僽直得恁得恁時迤逗想閒窗針線倦拈寂寞笑撚酴醾嗅待還家定自寬人淚粉盈襟袖

玉樓春 許運幹生辰

朱簾碧瓦干雲際占盡瀟灑形勢地傍墻人喚狀元家

想見華堂融瑞氣　壽盃莫惜團欒醉跳虎轉龜尋舊

喜小邦只恐久難留異日君王重賜

又　為童四十壽

娉婷標格神仙樣幾日珮環離海上小春只隔一旬期

菊盞包香猶未放　霞觴滿酌摇紅浪慢引新聲雲際

響玉顏長與姓相宜壽數三回排第行

又　茶

酒闌未放賓朋散自揀冰芽教旋碾調膏初喜玉成泥

濺沫共驚銀作線　已知於我情非淺不必叮嚀書椀面滿嘗乞得夜無眠要聽枕邊言語軟

清平樂　熟水

開心煖胃最愛門冬水欲識味中猶有味記取東坡詩意　笑看玉筍雙傳還思此老親煎歸去北窗高臥清風不用論錢

又

花陰轉午小院清無暑雪椀冰甌凝灝露自滌紫毫雞

距麝煤落紙生春秖應李衛夫人我亦前身逸少莫嗔太逼君眞

漁家傲 十月二日老妻生辰

昨日小春纔得信明宵新月初生暈又對壽觴斟九醖香成陣歡聲㸃破梅梢粉　琪樹長青資玉潤鴛鴦不老眠沙穩此去期程知遠近君休問山河有盡歡無盡

又 同前

蒴暗符枯秋已満橙黄橘緑冬初煥草草盃盤成小宴

慇懃勸樽前莫遣霞觴淺　兩鬢從教霜點半人生最要長為伴舉酒豈徒稱壽算深深願來年更看門風換

又　同前

梅暈漸開紅蝎蕾菊籬尚耀黃金蓝正是小春風物美宜家喜生朝顏巷猶和氣　古鼎氤氳雲縷細霞觴瀲灩紅鱗起聽取慇勤歌裏意千秋氣北堂同我供甘旨

又

事事無心閒散慣有時獨坐溪橋畔雨褰波平魚曼衍

魚曼衍綸輕釣細隨風捲　憶昔故人為侶伴而今怎奈成疎間水遠山長無計見無計見投竿頻覺腸千斷

雙雁兒

窮陰急景暗推遷減綠鬢損朱顔利名牵役幾時閑又還驚一歲圓　勸君今夕不須眠且滿滿泛觥船大家沉醉對芳筵願新年勝舊年

又

休驚明日歲華新且喜得又逢春北宮歌舞奉慈親願遐齡等大椿 闕

迎春樂

新來特特更門地都收拾山和水看明年事事如意迎福禄俱來至 莫管明朝添一歲儘同向罇前沉醉且共唱迎春樂祝母千秋歲

永遇樂

鴛瓦霜明繡簾煙煖和氣容與雲想衣裳風清環珮擁
翠蛾扶步蓬山遠別仙班知是有客舊同儔侶朅來到
人間又也愛他相門榮遇 清秋菊在小春梅綻正是
年華好處酒滿瑶觴歌翻金縷莫放行雲去已隨夫貴
仍因兒顯兩國看封齊楚此時對生朝聽我却稱壽語

又

黄葉繽紛碧江清淺綿水秋暮畫鼓鼕鼕高牙颭颭離
棹無由駐波聲笳韻蘆花蓼穟翻作別離情緒須知道

風流太守未嘗恝情來去　那堪對此來時單騎去也

文鴛得侶繡被熏香蓬窗聽雨還解知人否一川風月

滿堤楊柳今夜酒醒何處最堪羨雙棲正穩慢搖去櫓

又　梅子

風褪柔英雨肥繁實又還如豆　玉核初成紅腮尚淺齒

軟酸微透粉牆低亞佳人驚見不管露沾襟袖折一枝

釵頭未插應把手挼頻嗅　相如病酒只因思此免使

文君眉皺入鼎調羹攀林止渴功業還依舊看看飛燕

衒將春去又是欲黄時候爭如向金盤滿捧共君對酒

玉燭新

荒山藏古寺見傍水梅開一枝三四蘭枯蕙死登臨處慰我魂消惟此可堪紅紫曾不解和羹結子高壓盡百卉千葩因君合脩花史　韶華且莫吹殘待淺揾松煤寫教形似此時胸次凝冰雪洗盡從前塵滓吟安个字判不寐勾牽幽思誰伴我香宿蜂煤光浮月姊

御街行

平生厭見花時節惟恐愛梅花發破寒迎臘吐幽姿占斷一番清絶照溪印月帶煙和雨傍竹仍藏雪　松煤淡出宜孤潔最嫌把鉛華說暗香銷盡欲飄零須得笛聲嗚咽這些風味自家領畧莫與傍人說

柳梢青

傲雪淩霜平欺寒力纔借春光步繞西湖興餘東閣可奈詩腸　娟娟月轉廻廊誚無處安排暗香一夜相思幾枝踈影落在寒窗

又

雪艷煙輕又要春色來到芳樽却憶年時月移清影人立黄昏一番幽思誰論但永夜空迷夢魂繞徧江南繚墻深苑水郭山村

又

笋舍疎籬半飄殘雪斜臥低枝可人正宜煙籠脩竹月在寒溪寧寧佇立移時判瘦損無妨為伊誰賦才情畫成幽思寫入新詩

又

月墮霜飛隔窗疎瘦微見橫枝不道寒香解誰羌管吹到屛帷　个中風味誰知睡乍起烏雲任欹嚲蕊挼英淺顰輕笑酒半醒時

又

日轉墻東幾枝寒影一點香風清不成眠醉憑詩與起繞珍叢　平生只个情鍾漸老矣無愁可供最是難忘倚樓人在橫笛聲中

又

玉骨冰肌爲誰偏好特地相宜一叚風流廣平休賦和靖無詩　綺窗睡起春遲困無力菱花笑窺嚼蕋吹香眉心貼處鬢畔簪時

又

爲愛冰姿畫看不足吟看不足已恨春催可堪風裏飛英相逐　衹應自惜高標似羞伴妖紅媚緑藏白收香放他桃李漫山麄俗

又

水曲山傍寒梢冷蕊隱映脩篁細細吹香疎疎沉影惱斷回腸　為伊駐馬横塘漫立盡煙村夕陽空裊吟鞭幾多詩句不入思量

又

天付風流相時宜稱著處清幽雪月光中煙溪影裏松竹梢頭　却憎吹笛高樓一夜裏教人鬢秋不道明朝半隨風遠半逐波浮

又

屋角墻隅占寛閑處種兩三株月夕煙朝影侵窗牖香徹肌膚　羣芳欲比何如癯儒豈膏粱共途因事順心為花修史從記中書

又

瑞鴨煙濃曉來絃管聲在霜空却退寒威借回春色滿苑香風　幾時人下瑶宫記千載今朝慶逢滿捧瑶觴泛蘭叢裏錦繡光中

又

江月軒中拍堤新漲繞院薰風深注瑤觴低歌金縷聲在晴空　新詞儘索無窮斷酩酊衰顔為紅願得年年繁枝子滿緑葉陰濃

又　步觀察生辰二百

槐院風清霽天欲曉武曲增明元是今朝會生名將力佐中興　皇家息馬休兵享逸樂嬉遊太平憂國胸襟平戎村略　分付瑤觥

又

灼灼紅榴垂垂緑柳庭户清和羅綺香中十分春酒幾疊高歌　遐齡欲問如何記平日陰功數多千載今朝笑看池面龜戲青荷

又　李瑩

小閣深沉酒醺香煥容易眠熟夢入仙源桃紅似火李瑩如玉　覺來幾許悲涼記永夜傳盃換燭繡被熏香寶釵落枕同論心曲

又 癸未秋社有懷故山

送雁迎鴻未寒時節已涼天氣鍼線倦拈簾幃低掩別般風味　欹眠夢到山中共老幼扶携笑喜桑柘影深雞豚香美家家人醉

又

暴雨生涼做成好夢飛到伊行幾葉芭蕉數竿脩竹人在南窗　傍人笑我恓惶算除是鐵心石腸一自別來百般宜處都入思量

解連環

素書誰托嗟鱗沉鴈斷水遥山邈問别來幾許離愁但只覺衣寛不禁消薄歲歲年年又豈是春光蕭索自無心强陪醉笑負他滿庭花藥　援琴試彈賀若儘清于别鶴悲甚霜角怎得斜擁檀槽看小品吟商玉纎推却旋煥薰爐更日炷龍津雙萼正懷思又還夜永燭花自落

踏莎行

燈月交光笙簧遞響繁華依舊昇平樣心期休卜紫姑神文章曾照青藜杖　歌落粱塵酒揺鱗浪暫還南國同邀賞明年侍輦向端門却瞻日表青霄上

探春令

梅英粉淡柳梢金軟蘭芽依舊見萬家燈火明如晝正人月圓時候　挨香傍玉偷攜手儘輕衫寒透聽一聲畫角催殘滴惜歸去頻回首

又

雪梅風柳弄金鈎粉峭寒猶淺又還近三五銀蟾滿漸玉漏聲初短 樽前重約年時伴揀燈詞先按便直饒心似蛾兒撩亂也有春風管

又

搦兒身分側兒鞋子捻兒年紀著一套時樣小鞋紅甚打扮饒濟濟 回頭一笑千嬌媚知幾多深意奈月華燈影交相照俏沒个商量地

又 劉伯玉生辰

東風初到小梅枝上又驚春近科天台不比人間日月
桃蕚紅英暈　劉郎浪迹憑誰問莫因詩瘦損怕桑田
變海仙源重迈老大無人認

人月圓

風和日薄餘煙嫩惻惻透鮫綃相逢且喜人圓玳席月
滿丹霄　爛遊勝賞高低燈火鼎沸笙簫一年三百六
十日願長似今宵

又

月華燈影光相射還是元宵也綺羅如畫笙歌遞響無限風雅鬧蛾斜插輕衫乍試閒趁尖耍百年三萬六千夜願長如今夜

眼兒媚

柳腰花貌天然好聰慧更温柔千嬌百媚一時半霎不離心頭　是人總道新來瘦也著甚來由假饒薄命因何瘦了剗地風流

倒垂柳

南州初會遇記惺惺說底語而今精神傾下越樣風措雍門人獨夜客舍停盃處餘香應未泯憑君重唱金縷移宮易羽縱有離愁休怨訴客裏忒淒涼怕聽斷腸句情山曲海君已心相許驂鸞棄月正好同歸去

南歌子

露寵粧成態風扶醉裏身漫勞逸使走征塵嶺外隴頭何處不知春　詩思清如水毫端妙入神可憐徒效越娘顰為問吟哦摹寫幾曾眞

又 次東坡端午韻

小雨踈踈過長江滚滚流落霞殘照晚明樓又是一番重午身寄南州　羅綺紛香陌魚龍漾彩舟不堪回首鳳池頭誰道於今霜鬢猶自淹留

又 已未和韻

波靜明如染山光翠欲流晚來爭與上粧樓樓外誰歌新唱知有黄州　擬泛銀河浪聊爭鷁葉舟蓬山應是隱鼇頭借問謫仙何在今為誰留

又

笛噴風前曲歌翻意外聲年來老子厭風情可是於君一見眼雙明　枕臂聽殘漏停盃對短檠査教筆底有文星欲狀此時情味若為成

又

巾染烏煙碧衣拖曉露鮮盈盈風骨小神仙特地勾牽處士夢巫山　星宿羅胸次牙籤弄指端憑君為算我行年試問與伊結得幾生緣

又

綵縷牽腸斷明珠暗滴圓從頭顆顆手親穿寄與仙卿同結此生緣　和串攏瑜臂連雲墜雪肩循環密數對沉煙似我眞情不斷永相聯

西江月

沙上鷗羣輕戲雲端雁陣斜鋪殷勤特為故人書寫盡衷腸情素　名字縱非儔匹夤緣自合歡娱儘教塗抹費工夫到底翻成喫醋

又

態度雪香花瘦情懐雨潤雲温故將淡墨寫精神記得洗粧餘暈　只恐妖嬈未似誰云彼此難分別來顦顇不堪論相對無言有恨

生查子

秋深郎未歸月上人初静無語意遲遲步轉梧桐影

羅衣寛莫裁雲鬢鬆還整誰與問相思立盡清宵永

又

秋來愁更深黛拂雙蛾淺翠袖怯春寒脩竹蕭蕭晚

此意有誰知恨與孤鴻遠小立背西風又是重門掩

又

妖嬈百種宜總在春風面含笑又和嗔莫作丹青現

悶著卻無言覷了還回盼底處奈思量倦了還輾轉

甘草子

秋暮永夜西樓冷月明窗户夢破櫓聲中憶在松江路

欹枕試尋曾遊處記歷歷風光堪數誰與浮家五湖

去儘醉眠秋雨

鷓鴣天

湖上風光直萬金芙蓉竝蔕照清深須知花意如人意好在雙心同一心 詞共唱酒俱斟夜闌扶醉小亭陰當時比翼連枝願未必風流得似今

又

休倩傍人為正冠披襟散髮最宜閒水雲況得平生趣富貴何須著眼看 低泊棹稱鳴鑾一樽長向枕邊安

夜深貪釣波間月睡起知他日幾竿

又

不學真空不學仙不居廛市不居山時沽魯酒供詩興莫管吳霜點鬢斑　只麼去幾時還豈知魂夢有無間憑君休作千年調到處惟知一味閒

又

慧性柔情忒可憐盈盈真是女中仙披圖一見春風面攜手疑同玳瑁筵　揮象管擘鸞牋等閒寫就碧雲篇

風流意態猶難畫瀟灑襟懷怎許傳

天下樂

雪後雨兒雨後雪鎮日價長不歇今番為寒忒太切和天地也來廝鼈睡不著身心自暗攧況味憑誰說枕衾冷得渾似鐵秖心頭些些个熱

玉抱肚

同行同坐同携同卧正朝朝暮暮同歡怎知終有拋軃記江皋惜別那堪被流水無情送輕舸有愁萬種恨未

説破知重見甚時可　見也渾閑堪嗟處山遥水遠音書也無个這眉頭强展依前鎖這淚珠强收依前墮我平生不識相思為伊煩惱忒大你還知麽你知後我也甘心受摧挫又只恐你背盟誓似風雨共别人忘著我把洋瀾左都捲盡與殺不得這心頭火

雨中花令

堪惆悵紅塵千里恨死撥浮名浮利欠我温存少伊擱就兩處懸懸地　擬待歸來伏不是更與問孫眠子細

月照紗窗曉燈殘夢可憐惡滋味

又

早已是花魁柳冠更絶唱不容同伴畫鼓低敲紅牙隨
應著個人勾喚　慢引鶯喉千樣轉聽過處幾多嬌怨
換羽移宮偷聲減字不顧人腸斷

又

原來是雲温雨潤誚不解佯嗔偷悶傾坐精神攙人情
性眉際生春暈　語帶京華聲更嫩分明似鶯喉嬌穩

别後相思心頭欲見覓个燈花信

明月棹孤舟 贈白玉

不假鉛華嫌太白玉搓成體柔腰搦明月堂深蓮花盃軟情重自斟瓊液　寄語碔砆休竝立信秦城未教輕易絳闕樓成藍橋藥就好吹簫乘鸞翼

又 倩呂

醉袖輕籠檀板轉聽聲聲曉鶯初囀花落江南柳青客舍多少舊愁新怨　我也尋常聽見慣渾不似這番撩

亂調少情多語嬌聲咽曲與寸腸俱斷

又　周三五

寶髻雙垂煙縷縷年紀小未周三五壓隊精神出羣標格偏向衆中翹楚　記得譙門初見處禁不足亂魂飛去掌托鞋兒肩拖裙子悔不做閒男女

又

怪被東風相錯誤落輕帆暫停煙渚桐樹陰森夘檐瀟洒元是那回來處　相與枉朋沽緑醑聽胡姬隔窗言

語我既癡迷君還留戀明日慢移船去

夜行船

夾岸綺羅歡看喧喧彩舟來去暗晴放湖光雨添山色

誰識總相宜處輸與騷人却知勝趣醉臨流戲評坡

句若把西湖比西子這東湖似東隣女

兩同心

行看不足坐看不足柳條軟斜倚春風海棠𥈞醉欹紅

玉清堪掬桃李漫山眞成麄俗　遥夜幾番相屬暗䰟

飛逐深酌酒低唱新聲密傳意解回嬌目知誰得似風流可伊心曲

又

秋水明眸翠螺堆髮却扇坐羞落庭花凌波步塵生羅襪芳心發分付春風恰當時節　漸解愁花怨月忒貪嬌劣寧寧地情態于人惺惺處語言低說相思切不見須臾可堪離別

又

月可中庭夜涼初燕見个人越格風流饒濟濟入時打扮小從容不似前回匆匆得見 坐上不禁腸斷捧盃深勸爭敢望白雪新聲唯啜得秋波一眄告從今休要教人千呼萬喚

又 夢斗楚

涼生秋早夢魂忒好見玉人且喜且悲接𤥽臉厮偎厮抱信言多剛被山禽一聲催曉 覺來滿船清悄愁恨多少知是我憐你心徹知是你與我情厚謝殷勤不易

山遥水遠尋到

相見歡 向作烏夜啼誤

不禁枕簟新涼夜初長又是驚回好夢葉敲窗 江南望江北望水茫茫贏得一襟清淚伴餘香

朝天子 周師從小閣

小閣寬如掌占螺浦山川夷曠千奇萬狀見雲煙收放更永夜風生明月上用取眞成無盡藏誰共賞徙倚撫危欄吟望

步蟾宮 九月二十六夜宿周師從家睡覺風雨作有懷木犀

桂花馥郁臨階砌髣髴似廣寒宮裏舊遊最憶故園秋瑞龍腦暗藏葉底 不堪午夜西風起更颭颭萬絲斜墜向曉來却是給孤園乍驚見黃金布地

又

一斑雨點從初起這手足漸不靈利背人只得暗搔爬腥臭氣熏天炙地 下梢管取好膿水要潔淨怎生堪洗自身作壞匹如閑更和却傍人帶累

長相思 已卯歲留塗上同諸交泛舟至家洲登小閣追用賀方回韻以資坐客歌笑

急雨回風淡雲陣日疎閒携客登樓金桃蔕葉玉李含朱一樽同醉青州福善橋頭記檀槽淒絶春笋纖柔窗外月西流似潯陽商婦鄰舟　況得意情懷倦粧模樣尋思可奈離愁何妨疎逸興任征帆只抵蘆洲月怯花羞重見相歡情更稠問何時佳期卜夜綢繆

曲江秋

前山雨歇愛竹樹低陰軒窗無熱珠箔半垂清風細繞

蕭蕭吹華髮珍簟粲枕設珊瑚瘦琉璃滑永日欹枕知誰是伴舊書重揭　清絶輕雲淡月夢同泛滄波萬疊盃盤狼籍處相扶就枕歡笑歌翻雪轉棹小溪灣人家燈火斷明滅正攜手無端驚回檻外數聲鶗鴂

又

香消燼歇喚沉水重燃薰爐猶熱銀漢墜懷冰輪轉影冷光侵毛髮隨分且宴設小槽酒真珠滑漸覺夜闌烏紗露濡畫簷風揭　清絶輕紈弄緩歌處眉山怨疊持

盃須我醉香紅映臉雙腕凝霜雪飲散晚歸來花梢指點流螢滅睡未穩東窗漸明遠樹又聞鶗鴂

又

鳴鳩怨歇對急雨過雲暗風吹熱漠漠稻田差差柳岸新沐青絲髮樓上素琴設愛流水隨絃滑深炷龍津濃熏絳幕博山頻揭超絕遙岑吐月照蒼蒨重重疊疊恍然身在處渾疑同泛花舫波噴雪滉漾醉魂醒驚呼不是漚生滅竚望久空嘆無才可賦厭聽鶗鴂

欽定四庫全書

點絳唇

趙育才席上用東坡韻贈歌者

小閣清幽膽瓶高插梅花朵主賓歡坐不速還容我
換羽移宮絕唱誰能和伊知麼暫聽些個已覺絲成堁